AF451582

17 DEC. 1868

# CATALOGUE

D'UNE JOLIE RÉUNION

# D'OBJETS D'ART

ET DE

## CURIOSITÉ

## MEUBLES ANCIENS

TELS QUE :

Meuble à deux corps en ébène et ivoire, Cabinets Louis XIII, Cabinets italiens, Consoles, Escabeaux en bois sculpté du XVIᵉ siècle, Commodes Louis XV et Louis XVI, Tables à jeu, Secrétaire, Coffrets.

## TAPISSERIES, TABLEAUX DÉCORATIFS

Bronzes, Pendules, Flambeaux, Girandoles, Chenets Louis XV et Louis XVI

## MINIATURES, GOUACHES, ÉMAUX

DES ÉPOQUES LOUIS XIII, LOUIS XIV, LOUIS XV ET LOUIS XVI

Émaux de Limoges, Bonbonnières en or émaillé et autres, Faïences de Perse, Plat de Bernard Palissy, Porcelaines, Ivoires et Bois sculptés, etc., etc.

## HOTEL DROUOT, SALLE N. 7

*Le Jeudi 17 Décembre 1868*

A UNE HEURE ET DEMIE

(La vacation étant très-chargée)

Par le ministère de **Mᵉ ESCRIBE**, Commissaire-Priseur, rue Saint-Honoré, 217,

Assisté de **M. DHIOS**, Expert, rue Le Peletier, 33,

*Chez lesquels se distribue le présent Catalogue.*

### EXPOSITION PUBLIQUE

Le Mercredi 16 Décembre 1868, de une heure à cinq heures

PARIS — 1868

# CONDITIONS DE LA VENTE

Elle sera faite au comptant.

Les Acquéreurs paieront CINQ POUR CENT en sus du prix d'adjudication.

# DÉSIGNATION DES OBJETS

## MINIATURES ET ÉMAUX

1 — Portrait de M<sup>me</sup> de Montespan, jolie miniature du temps de Louis XIV, avec cadre très-fin en bois sculpté et doré.

2 — Portrait de femme ovale, costume Louis XIII, peinture sur cuivre.

3 — Portrait d'Anne d'Autriche, peinture sur cuivre, encadrement en cuivre ciselé et doré.

4 — Portrait d'homme, école de Porbus.

5 — Portrait de M<sup>me</sup> Vigée Lebrun, aquarelle signée.

6 — Portrait de Marie-Thérèse, reine de Hongrie. Miniature.

7 — Portraits de Marie Stuart et d'Élisabeth d'Angleterre. — 2 petites miniatures.

8 — Portrait de Marie-Antoinette, dauphine. — miniature ovale.

9 — Portrait de femme, costume du XVI<sup>e</sup> siècle. — Peinture à l'huile.

10 — Jeune femme en costume du xvi<sup>e</sup> siècle jouant de la guitare. — Petit dessin très-fin.

11 — LACROIX. 2 paysages marines.

12 — Petit paysage avec figures et animaux ; monogramme, D. C. — Gouache.

13 — D'après Ostade. — Le charlatan.

14 — Saint en méditation. — Peinture à la gouache.

15 — Paysage, ruines et figures. — Peinture à la gouache, par Louis Moreau.

16 — Cadre contenant 4 dessins représentant les portraits des acteurs Duchaume, Hippolyte, Julien et Henri, dans leur différents rôles de Fanchon la vielleuse, dessinés d'après nature, par Léopold Boilly.

17 — Portrait de femme en riche costume du xvi<sup>e</sup> siècle. — Miniature.

18 — Petite peinture ovale sur cuivre. Portrait de Broussel, chef de barricade sous Louis XIII. Cadre en bois sculpté.

19 — Grande miniature représentant une jeune femme à l'entrée d'un parc. (Signé E. T.)

20 — Une gouache, scène d'intérieur du temps de Louis XVI.

21 — Deux vues d'Italie, peintures de l'école de GUARDI.

22 — Deux paysages ornés de figures, signé Lebarbier.

23 — Deux miniatures; famille du temps de Louis XVI et portrait d'enfant.

24 — Apothéose de saint François Xavier et de saint Antoine de Padoue; peinture sur verre par SOLIMÈNE.

25 — Portrait de femme grisaille, du temps de Louis XVI.

26 — 3 miniatures, deux portraits d'hommes et un portrait d'enfant.

27 — 3 Autres petits portraits d'hommes; miniatures du temps de Louis XVI.

28 — Une bague en or ornée d'une petite gouache par Van Blarenberghe.

29 — Intérieur de salle de spectacle, Gouache du temps de Louis XVI.

30 — Gouache. Petit paysage avec figures.

31 — Petite gouache fontaine à l'entrée d'un parc.

32 — Miniature ovale, La bouquetière.

33 — Miniature ronde. Jeune femme prenant le thé.

34 — Miniature signée Denoyez, 1811. Fleurs et fruits dans un vase.

35 — Miniature ronde. Un clair de lune.

36 — Deux dessins coloriés par Pernet. Ruines et
   figures

37 — Miniature par Klinstett. Jupiter et Léda.

38 — Trois plaques réunies en un seul cadre ; anciens émaux de Limoges représentant le Calvaire, le baptême du Christ et la Prédication de Saint Jean.

39 — Deux émaux de Limoges ; bustes d'empereurs romains.

40 — Vénus et Adonis. Émail rond.

41 — Le jugement de Pâris. Émail rond du temps de Louis XIV.

42 — Offrande à l'amour. Émail ovale du temps de Louis XV.

43 — Cinq petits émaux sujets variés et un fixé.

44 — Portrait de jeune homme, peinture ovale sur émail du temps de Louis XV. Cadre en bronze doré.

## MEUBLES ET TAPISSERIES

45 — Grand meuble cabinet en bois de noyer marqueté d'ivoire, posé sur sa table console à pieds tors.

46 — Grand meuble italien à deux corps, formant
secrétaire, en marqueterie d'ivoire sur
ébène.

47 — Très-joli secrétaire, style Louis XVI, en bois
d'acajou, orné de bronzes ciselés et dorés,
et d'une plaque en porcelaine, représentant
l'Enfant de Bacchus.

48 — Console en acajou, ornée de bronzes ciselés
et dorés; époque Louis XVI; signé PETIT.

49 — Quatre escabeaux italiens en bois sculpté;
xvie siècle.

50 — Petite commode Louis XV en marqueterie
de bois à fleurs.

51 — Beau coffre en ébène incrusté de plaques de
porphyre et orné de cuivres repoussés et
dorés; travail vénitien de la fin du xvie
siècle.

52 — Petit coffret Louis XIII, en galuchat.

53 — Une table à jeu en marqueterie de bois à
fleurs.

54 — Une autre table analogue à la précédente.

55 — Une petite jardinière en bois sculpté, du
temps de Louis XVI.

56 — Une commode ornée de cuivres, époque
Louis XIV.

57 — Cabinet Louis XIII, posé sur sa console.

58 — Une commode Louis XV, bois rose et bronze.

59 — Une commode Louis XVI, bois rose et bronzes.

60 — Une Table Louis XIV, en bois sculpté et doré.

61 — Six anciennes tapisseries à sujets, d'après Lebrun ; bordures à attributs.

62 — Une tapisserie ; Paysage et Chiens, d'après Oudry.

63 — Une autre tapisserie Renaissance, à figures, bordure à arabesques.

64 — Ancienne broderie du temps de Louis XIV, représentant l'Annonciation.

65 — Neuf tableaux décoratifs représentant des paysages avec figures et animaux, dans le style de Hubert Robert.

66 — Deux portraits, Dame et Seigneur, attribués à Mirevelt.

## BRONZES

67 — Grande et belle pendule en marqueterie de cuivre sur écaille, ornée de bronzes finement ciselés ; figures, caryatides et ornements d'appliques ; mouvement trois-quarts — style Louis XIV.

68 — Petite pendule Louis **XVI**, avec médaillons à miniatures historiques. Marbre blanc et bronzes dorés.

69 — Une petite pendule Louis **XVI**, en bronze doré à figure d'enfant, allégorie des sciences et des arts.

70 — Une paire de girandoles Louis **XV**, en bronze argenté.

71 — Une paire de flambeaux Louis **XIV**, dessins de Boule.

72 — Une paire de chenets en fer forgé ; xɪvᵉ siècle.

73 — Une paire de chenets à vases, style Louis **XVI**.

74 — Un vase à gaudrons en cuivre jaune, style Louis XIII.

75 — Une paire de flambeaux, style Louis **XIV**.

76 — Une paire de flambeaux, style Boule, bronze doré.

77 — Une paire de candélabres en cuivre, style Louis XIII.

78 — Une paire de chenets en cuivre ciselé et doré du temps de Louis **XVI**.

79 — Une pendule en marbre blanc et bronze ciselé et doré avec deux petits flambeaux à figures d'enfants, style Louis **XVI**.

80 — Bronze moderne ; groupe d'oiseaux ; signé.

81 — Un lot d'ornements d'applique, en bronze ciselé.

# FAÏENCES ET PORCELAINES

82 — Un plat ovale en faïence, de Bernard Palissy, décoré de reptiles.

83 — Dix jolis plats, ancienne faïence de Perse, de dessins et de décors variés.

(Ce lot sera divisé.)

84 — Un grand plat décoré d'un sujet de chasse en ancienne faïence de Nevers.

85 — Deux coupes en faïence de Castelli, montées en bronze.

86 — Fontaine en faïence de Rouen, décor polychrome.

87 — Quinze assiettes et compotiers en porcelaine de Chine et du Japon.

88 — Quatorze tasses de dessins variés, en porcelaine de Chine et du Japon.

89 — Trois jattes et un petit vase à trépieds, en craquelé de Chine et terre émaillée.

90 — Une aiguière en porcelaine décorée et un petit bouquet en faïence de Rouen.

91 — Petit groupe de Danseurs en porcelaine d'Allemagne.

92 — Un bol et une boîte à thé en porcelaine de Saxe.

93 — Huit assiettes en porcelaine d'Allemagne ;
décor à fleurs.

94 — Petit pot à crème en porcelaine de Sèvres,
pâte tendre ; décor à bouquet de fleurs.

95 — Grand plat rond en ancienne porcelaine du
Japon.

96 — Petit vase à anse, en porcelaine du Japon.

97 — Deux vases en porcelaine de Chine moderne,
décorés à personnages, monture en bronze
doré.

98 — Grande lampe carcel en porcelaine, imitation
du Japon ; belle monture en bronze doré.

99 — Deux lampes modérateurs en porcelaine de
Chine monerne ; monture en bronze.

---

# OBJETS DIVERS DE CURIOSITÉ

100 — Une bonbonnière ovale en albâtre oriental ;
monture en or. Le couvercle est orné d'in-
crustations en pierres de couleur.

101 — Une bonbonnière Louis XVI, en or, ornée
d'une peinture sur émail grisaille, pesant
84 grammes

102 — Une bonbonnière en émail, ayant la forme
d'un fruit.

103 — Une bonbonnière Louis XVI, en cuivre ciselé, doublée d'écailles.

104 — Trois bagues en argent ornées de pierres
gravées.

105 — Petit cadre Louis XIII, à ornements en cuivre ciselé.

106 — Jeu d'échecs en ivoire sculpté ; travail chi-
nois.

107 — Bas-relief en ivoire sculpté, représentant
Vénus et l'Amour ; cadre en bronze doré.

108 — Statuette de vierge en pierre sculptée du
xv<sup>e</sup> siècle.

109 — Figure de Vierge, en bois sculpté ; xv<sup>e</sup> siècle.

110 — Christ en bronze du xiv<sup>e</sup> siècle.

111 — Christ en bois sculpté de même époque.

112 — Ecce homo ; beau bas-relief en pierre ; travail
italien du xiii<sup>e</sup> siècle.

113 — Porte de tabernacle, en bois peint.

114 — Grande figure de Vierge, en bois sculpté ;
travail du commencement du xv<sup>e</sup> sièle.

115 — Six petits médaillons en Wedgwod et deux
médaillons en biscuit.

116 — Une bague en or, montée d'un camée dur
gravé en entaille.

117 — Un camée dur, tête de femme, cercle en or

118 — Médaillon en ivoire sculpté, représentant saint Georges, et une bague juive.

119 — Quatre bossettes de bouclier oriental en fer damasquiné.

120 — Poignée d'épée en argent ciselé.

121 — Une timbale en argent gravé.

122 — Violon, signé Stradivarius.

123 — Deux bourdons en fer repoussé et ciselé ; travail français du XVIIe siècle.

124 — Deux coupes en marbre onyx ; monture en bronze émaillé ; style oriental ; travail moderne.

125 — Aumonière en velours brodé en fin, aux armes de Paris.

Renou et Maulde, imprimeurs de la Compagnie des Commissaires-Priseurs, rue de Rivoli, 144.                19769